我想对你歌唱

于玲玲　著

中国海洋大学出版社

·青岛·

图书在版编目（CIP）数据

我想对你歌唱/于玲玲著.—青岛：中国海洋大学出版社，2018.9

ISBN 978-7-5670-1862-4

Ⅰ.①我… Ⅱ.①于… Ⅲ.①诗集－中国－当代 Ⅳ.① I227

中国版本图书馆 CIP 数据核字（2018）第 211970 号

出版发行	中国海洋大学出版社	
社　　址	青岛市香港东路 23 号	邮政编码　266071
出 版 人	杨立敏	
网　　址	http://www.ouc-press.com	
电子信箱	1922305382@qq.com	
订购电话	0532－82032573（传真）	
责任编辑	邵成军	电　　话　0532－85902533
印　　制	青岛国彩印刷有限公司	
版　　次	2018 年 9 月第 1 版	
印　　次	2018 年 9 月第 1 次印刷	
成品尺寸	170 mm ×230 mm	
印　　张	13.125	
字　　数	40 千	
印　　数	1～1 000	
定　　价	58.00 元	

空山不見人，但
聞人語響。返景
入深林，復照青
苔上

王维诗 壬辰年夏 于建青书

金石壽而康

勝日尋芳泗水濱無
邊光景一時新等閒
識得東風面萬紫千
紅總是春

朱熹詩甲午于建青

天馬行空

戊戌建青

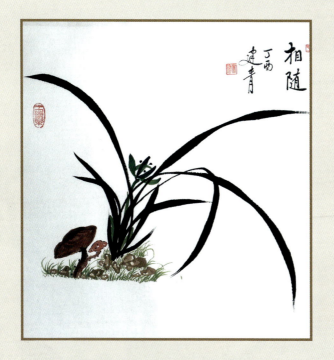

PREFACE 序

　　我二十七岁结婚后才开始写诗,可以说,诗的创作与爱情比翼双飞,一发不可收。至今我已六十又一,从未间断。岁月悠悠,继创作爱情诗之后,我亦尝试写作友情、风景感悟、社会形态、饮食文化等题材的诗。当然,我写诗歌只是业余爱好,不求发表,心里高兴就行,开心而已。我认为,写自己想写的东西,这才是最重要的。这样,也就不管自己写诗的形式,或者说符不符合学者眼里的水准。好在我的这些精神方面的小收获,得到了丈夫的支持,他时常成为我的第一读者。有时,丈夫还蛮有兴趣地把把格调,给句子润润色什么的。这一点挺让我感激。结婚将近三十五年了,我的诗歌创作之路就这么时断时续地坚持了下来。十年前,从事饮食文化研究的丈夫想把他二十几年来在国家级专业刊物和地方报刊上发表的文章结集出版,邀我发挥写饮食文化诗的特长与他的文章相互配对。我感觉格调新颖,挺有兴趣。于是我俩齐心协力,先后出版了两本书。两本书的面世,颇得社会各界的肯定,尤其得到我所在的青岛民盟美术研究会的同仁的认可。这一鼓励促使我萌生了单独出本诗集的念头。

这本诗集不再主打饮食文化的牌子。我从自己多年来写成的从未发表过的一千余首诗中挑选出一百余首。我依据自己的情感思路,也是为了读者阅读的方便,将诗集分为"爱情篇""风物篇""社会篇""饮食文化篇"等四个篇章。这些诗篇当然都是曾藏于家的"丑小鸭",希望大家能喜欢。还好,眼下正逢国人开始振兴诗歌的新时代。不管怎样,我的努力也算是为新时代的文化建设添砖加瓦,尽管能力有限。

在此,我要感谢中国海洋大学出版社的领导,没有他们的支持和信任,我的诗集不会顺利问世。我也要感谢出版社的邵成军老师,没有邵老师的努力,诗歌在编排和文字上肯定会有很多瑕疵。

于玲玲

2018 年 5 月于青岛

CONTENTS 目 录

风物篇

饮食文化篇

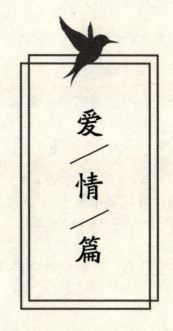

爱／情／篇

1　我的至爱

萨克斯低声缓缓地响起

伴奏山谷中回肠荡气的春之声

仙鹤的舞姿优雅飘然

正演绎着生灵的爱情圆舞曲

为什么

这欢乐这醉意竟不属于我

是不是

上天注定让我口吐鲜血吟出伤感的诗篇

喉咙沙哑

泪也不听使唤

唉，只有任它们脾性大发

我的脸面木然，像个局外人

罢了

都道是

强扭的瓜不甜

强遮掩的插曲也是漏洞百出

如果能给多事者提供饭后的笑谈

我甘心化作一只

爱情场上

略糊的烤鸭

虽色泽不好

虽味道欠佳

但也是真情实感的流露

在你刚踏入爱情的舞池

在爱情时常彻夜不眠纠缠你时呈上

2　无奈的爱

别人可以享受那么多爱

我只能让全部的爱扮演成声音的片段

不敢佩带全副武装的爱的宝剑

只能在视频前心慌地看你一眼

你看鱼儿的脸真的好难

但你比他人拥有了爱的香甜

他人既羡慕也惘然

今天我在视频前看你到眼酸

幸福

悲伤

无奈

这网络给予的涩酸的爱啊

就这样一天又一天

3　往事雾样飘去

往事雾样飘去

也带走信任

风不再吹送花香

露水也不留点滴痕迹

一杯白水

没滋味的心

4 能否花团锦簇

你我相识在

缘分的日子里

春风送暖

桃花送爱

那一缕缕阳光

也许有前生的气息

那花笑蝶飞的霎时

也许传递了爱的情愫

就这样心潮澎湃

就这样暗送秋波

不知明天爱情的花园里

能否花团锦簇

5 梧桐树

你是梧桐树

挺拔向上

令人向往

我轻轻依偎在你的身旁

欢笑开心不彷徨

6 昙花一现

你可以不给

不给那朵小花

尽管是朵

夜里一现的昙花

昙花虽然一现

美已注入心田

翻看岁月的相册

美丽仍在里面

你是一株胆小怕事的无花果

永远不把笑脸面向春天

只任硕大的叶子遮遮掩掩

在恼人的夏天里凭机缘相逢

结出一些没有掌声的果实

7　相思

相思的经线

越理越长

由北极直达赤道

遥望的纬线

越绕越圆

时刻在心里自转

企盼上线的相会

不知正负极是否来电

8　枕一个美梦

枕一个美梦

在静静的海边

谛听细浪声声

似演奏《故乡的栈桥》

远处塔灯闪耀

光影醉卧水面

那是幸福的你吗

沉默确是对我的应答

上帝给我爱的权利

但何时才有收获的季节

9　梦已随风飘去

本以为

心田上不经意冒出的爱

也能长成参天大树

并且色彩亮丽

本以为

心里有阳光就会有生命

只要细心呵护就行

给它水和养分

可是突然间

太阳落山

梦也踉跄倒下

如秋风扫落叶

唉，醒来吧

这只是一场梦

那就将疲软的身子转向另一边

倒掉杯子里冰凉的水

可是

还是

不能自控地面对窗外大喊

我为什么要爱你

10 网络是一条无边无际的河

网络

是一条无边无际的河

我在这边

你在那边

激情

溅起浪花朵朵

想象的双眼

寻找你的容貌

浓雾重重

大雨滂沱

该有一条异样的小船划向对岸

可是，不知咱俩谁来掌舵

11 当你百年之后

初冬的雪花

飘飘洒洒地将树冠的枝叶摧落

夕阳西下的阳光照耀着光秃秃的枝头

你的心思是愈发地回忆过去

让我以欢乐的歌声给你解忧

就是百年之后

再也没有鲜花与掌声簇拥

一棵垂暮的松树默默守在你的墓碑旁

亲爱的，我会站在你看不到的地方

吹着风声给你欢唱

人生自古谁不走

该取乐观照岁月

在你我相爱相携的日子里

敞开胸怀

让青春年少从心里走出来

12　真不想记住

真不想记住

却在脑海里掀起了波涛

只为一句醉话

泪如泄洪的闸门

迷蒙中举起酒杯

与谁欢饮

不自觉地添一声叹息

夏去秋来

能否得到一个秋高气爽的午后

那撞击心灵的一瞬

把那所有的不可能

统统装进酒杯中

慢慢独饮

连同泪水

收起稀里糊涂的真爱吧

拖着沉重的双腿

蹒蹒跚跚回家

在睡梦中忘记一切

13 追你一生

就要下船只好默默地四目相望

任心儿酸酸地痛

如胰液倒流灼伤肝脏

苍白的语言已没有了生命

嘴巴的功能也失去了作用

不服输的舌头转了三百六十度还是失声

海上的风刮个不停

两耳竟然暂时失聪

额头似沉重而又飘忽不定的沙丘

那就重握一下手把生死相许的爱折叠

变成一只美丽的信天翁

风雨无阻一生追随你航行

14　花篮里的葡萄

花篮里的葡萄

消瘦又哭泣

独守篮儿向谁诉说

意中人悄然离去

不用心存感激

也不用说出亲切的话语

声声关爱充满了篮儿

收获的却是一篮干瘪

15 等我

等到白霜挂上眉梢

等到手杖托着弯腰

那天一到我想走到你的面前

轻吻银丝向你报到

思念也是一种美丽

尽管结局多甜蜜

就让时常成为约会爱情的场所

天天等我，不要说分离

16 曾经

曾经共赏诗歌

曾经电邮传情

曾经视频低语

把你的评语用心珍藏

忽一阵飓风

吹折了高飞的翅膀

那一腔火热的激情

跌落在坑洼不平的旷野

阳光照耀的日子不感到温暖

饥肠辘辘的饭桌上没有了食物的芳香

风花雪月都成了别人的风景

每日期盼的时刻被怨恨堵上了高墙

醒来吧，一切都来得及

醒来吧，一切都随风飘去

正所谓，冬天来了春天还会远吗

情爱蛰伏也是唤醒也是启迪

17　无奈

手机失语

失语并且令人讨厌

重重叠叠的可能充满脑海

任理由挑选

窗外是淅淅沥沥的雨声

似乎把曾经的柔情浇了个落汤鸡

又搅和泥浆捏成了可笑的玩具

在不眠之夜的日子里

哭声猛然变成低低的抽泣

心中的苦痛昏天黑地

夏天竟有了冬天的寒气

能否给一把阳光的利剑向窗外刺去

起床吧，看看能否找回自己

镜片里外的自己依然是串通一气地垂头丧气

那就握紧双拳面对另一个自己

走吧，好一个没出息的你

18 不再是遥远的梦

挥一挥手

船似弓箭射出了你的视线

带走了太多载不动的热情

不小心却把心儿留在岛城

偷偷试着将心寻回

眼光偏偏难离锁定

紧紧抓住摇晃的船舷

强打住泪水烟雨蒙蒙

张一下麻木的双唇

话语沉重难以出声

只有祈祷再相会的日子

不再是一个遥远的梦

19　鱼儿

夜里我把你梦见

泪还挂在腮边

你轻盈地浮在水面

小声地将我呼唤

你翻遍水波寻找我

仍旧是疑惑连连

我欲将无奈的理由告诉你

巨浪却将我打翻

晨曦中窗玻璃上的迷茫是水汽

我仍在睡梦中留恋

我有千言万语要对你说

只期盼能有一只捎去真实心迹的大雁

电话网络都在面前

可我对它们并不期盼

心结与心结的交流需要面对面的气场

疑惑当前更是不能帮忙一点点

今日我决定振作起来

理好头绪将害怕抛向一边

不是你不好

是我太自私不配做你的另一半

20　我多么希望

我多么希望
你的形象能如昨夜的睡梦
早晨醒来
淡去，淡去

我多么希望
你的声音能像今朝疾飞的候鸟
在转瞬间
消失，消失

能告诉我你用了何样的魔法
在我面前立了山样的形象
回响着清泉样的声音
你这该诅咒的爱情精灵

一天天
我在等待
一天天
你却不来

21　如果

如果多情真的能成为多情

能将一颗颤动不已的心

风标一样轻松转移

我也不会钟情你

你说是不

如果埋怨真的能成为埋怨

能将那发自肺腑的言语

轻云一样地飘走

我也不会眷恋你

你说是不

如果回避真的能成为回避

能将目光中灼人的火苗

蜡烛一样很容易熄灭

我也不会频频地偷看你

你说是不

如果多情能驱走埋怨

如果埋怨能驱走回避

如果回避能驱走你

我的心也不会战栗

你说是不

22　恨与爱

恨

能像一段卡在喉咙里的鱼刺

从我的嘴中努力地抠出

我的心也不会沉重

爱

能如一个橄榄核

由你的嘴中洒脱地吐出

我的心也不会沉重

我厌倦了你的自卑

贫穷有什么可垂头丧气

你的品德与形象如一道光芒

我愿终生在下面歇息

你为何只知低头沉思

快抬头看我目光中热切的期望

要一个羞女子将终身大事挑明

这种事太令人慌张

23 风筝

风筝

被一条绳索紧紧地牵制

如果桀骜不驯的我在空中飘荡

快乐难给放风筝的人

我有什么

我的爱是蓝天里的雄鹰

我的恨是暴风骤雨时的雷电

我的灵魂爱哭也爱笑

你能否敢听

高空中瞬间崩断绳索的响声

24　心迹

打开邮箱

给了我一个"无"

你的怄气

却不明不白地走了出来

疲倦的夕阳

为何有温馨的叹息

时光的脚步

催我入眠

哦

让我入梦

梦里是回忆压迫着回忆

像鱼被反复剪贴在热锅里

25 白云

曾经是高高在上的秘密

如今是机窗外平起平坐的朋友

我向它点头，微笑

还向它亲切地招一招手

假如我伸手能够到这可爱的小精灵

能不能撕它一块放在衣兜

如果它能够听我的劝说

随我回家给它喝一大杯青岛啤酒

我知道它只是一些水蒸气凝结的水团

天天在空中飘浮在空中云游

但它们并不是终日庸碌无为

它们送风雪它们送风雷

邂逅这样的朋友我感到高兴

我拥抱窗外如同拥抱云的花篮

夫君，你可知几小时后我就要回到家中

咱俩从今后携着白云一起迎接美好的明天

26　过去

曾经的爱

是一片枝叶繁茂的树荫

干吗要回避

更不要彼此伤害

犹如一杯清香的浓茶

时间的水会慢慢冲淡

无味也是一种境界

大味若淡更是哲人的胸怀

让我今早换一杯咖啡

人道苦到极致甜味会来

壶里的热气噗噗直冒

再加一点火正是我的需要

27　迷恋

你的心灵如此深邃

闪耀湖蓝色的波纹

我贴身吸吮如饮甘泉

欢快的鸟儿都俯冲降临

你是这样的温暖

心里的寒冷猛然驱散

风和日丽，阳光明媚

姹紫嫣红的花儿开了个满园

我心里的圆桌已经摆上

有醉人的啤酒，有诱人的肴馔

来，亲爱的，趁良辰美景

我与你幸福到永远

28　我想对你歌唱

我想对你歌唱

可喉咙早已肿胀

如火的表述

在城市的大街上长成了带刺的仙人掌

你可曾读懂自己的心疼

是否想找回昨天的痴情

有一双眼睛躲躲闪闪

她不想摆弄爱情的花瓶

岁月总是擦肩而过

遗憾的平方都来不及生成

早晨扑面而来的不光是大地的花花绿绿

那一只凶残的鹰就在门前树枝上栖息

我不是不想对你歌唱

我的歌唱里不敢有阳光

你还是扭头走向他方

也许那里有你最钟情的女郎

29　清香

这迷人的清香来自何方

当我双目微闭

眼前浮现出你俊秀的模样

海风带着特有的气味徐徐吹来

大自然的恩赐让人荡气回肠

迷人的清香为什么也要来到我的身旁

我的心儿被迷人的香味迷倒

心之情结如喷薄欲出的朝阳

朝阳下我有些疯狂

30 七月七

两个出处，一种相思

被一条宽长的银河无情地阻断

三百六十五天种植的累累苦果

只待那短暂的一天入仓

假如当年就有发达的网络

爱情的情结就不该绵绵悠长

但是有了爱情的结晶有了在外总想回家的家

那种伟大的心灵的碰撞却是不好说

爱情万岁

风／物／篇

1　椰树

蔚蓝海里突现的孤岛

映着白云的水面上翻卷着浪花

劲风吹得椰树似弯腰的老人

又像古时少女反弹琵琶

不知椰树从何吸吮甘露

身旁只见金黄的细沙

一堆堆果实挂满枝头

将软糯甘美的果肉奉献给大家

神秘莫测的大自然啊

你坦诚又伟大

2　初冬

狂风来了

扑出猛虎的威风

它伸出利爪站着

忽打一个左勾拳

昏天黑地

又来一个掏心拳

于是，大地寒风凛冽

3　垂柳

有一个诗人赞美了你

于是，千百年来你只有一种形象

体态柔弱得像患了伤感

风雨中只知默默地哭泣

也许第一个赞美你的人怀着真情

也许你那时确实美丽

时间的眼光似流水

而你却在唯一的记忆里陶醉

4　堵车

车堵成长龙

拉细脖子

撕碎车票如窗外寒冷的雪花

路变成荒野

5　晨景心情

白鸽咕咕迎着黎明

忽而似优美的舞姿升空盘旋

忽而一字排满了屋顶如仪仗队的士兵

惬意得令人憧憬

无边的田野绿意盎然

蝉声伴着快乐在空中奏鸣

美妙的诗句接踵而来

我欢畅，我跳舞

朋友，驱走郁郁不乐的恶魔

上天赐予的美好时常被它裹上外衣

那就用双手剥去，甚至伤痕累累

刹那，日子就会在你面前展现美丽

6 观风景画有感

白云悠悠

孤帆远影

静谧的阳光洒向牧场

羊儿优哉

它的身旁是沉醉舞姿的少女

她的不远处站着一个牧羊的少年

身后一只牧羊犬正关注着它的主人

这是一幅多么甜美的风景画

是上天赐予人间的午后协奏曲

和平，宁静

7　初秋

像个害羞的少女

傍晚时分才敢在街头露面

那些可恶的蚊蝇

正需要你来驱赶

正如面颊微红的少年

羞羞答答不敢挨近情人的面前

果园里的苹果树

正在将你期盼

不要低垂眼帘

不要优柔寡断

人们燥热的心啊

正日夜将你思念

8　夏季的苔藓

背阴里的苔藓

我知道你也是生命

同远处的树木和花儿一样

只是生长在背阴湿地孤苦伶仃

你总逃不了苦难

泪水把土地浸酸

一些无作为的虫与你做伴

可它们听不出你歌声里的哀怨

夏季愈发地深入

你的忧伤在一层层堆积

那些享尽了阳光的人啊

只知道在你身旁歇息

你真的只爱在背阴里生长

如同牡丹只爱享受阳光

如果没有你辛勤地劳作

世间哪来许多清凉舒畅

9　麦莎

名称上好似妙龄女郎

似那些穿美丽的吊带裙在大街上行走的女子

做个白领洋洋自得

看其他女人都比自己差了三分

不，你只是有了一个好听的名字

却是来自海洋深处的凶神恶煞

乌云遮天蔽日是你的形象

呼风唤雨是你的能耐

你是黑旋风李逵

发了脾气谁也劝不住

挥两把大斧劈头盖脸地砸向陆地

轰然堆起的碎瓦便是你瞬间的"杰作"

你是挥舞双拳咬牙切齿的泰森

不打倒对方决不善罢甘休

左勾拳右勾拳轮番使出

庄稼树木呼啦啦倒地

你是不怕它们什么这个那个的

你是非要在凶神里争个冠军

你来到这个世界是不是有娘带来

有娘，本能上该有良心

哦，我的麦莎

你的手段真够残忍

六十九个亿的人民币的损失不是个小数目

那可是人类的血汗慢慢铸成的金盆

哦，我的麦莎

你的坏脾气

都是后天的结果

如是这样该是人类的过错

是人类工业文明的副作用伤害了你的脾胃

你稀里糊涂地成为任性的孩子

于是你歇斯底里

但心里又总哭泣

果真如此人类真的对不住你

从今往后人类就该反思清醒

用负责任的态度与温柔的手段与你共处

每年夏季你来我往成为亲戚

10　华山

路

用一座山铺成

险峰奇石

重峦叠嶂

如一把利剑直插云霄

好一个"一夫当关，万夫莫开"

路的终端

是许多大诗人的诗歌庭院

是古人的博弈亭

是为了救母的少年沉重的救舍地

是仙人炼丹的场所

是为了爱而受煎熬的三圣母的牢狱

都用一朵莲花托着

如今

我面前拥挤而又险要的路上

游人如织

用层层叠叠相加的眼光

演绎风景中的人物

11 恼人的夏

你还是理智地走开

带上燥热的风

重新回到赤道边

你这恼人的夏

玫瑰花不再艳丽

它也不再需要你的抚恤

金丝菊欲绽开灿烂的笑脸

它深爱着脚下秋的土地

过去的就让它过去

秋日的阳光一样美丽

让我找出与秋风伴舞的衣裙

登高望远看万里山河的壮丽

12　华清池

浴池

被年代的眼睛盯上

一代代

百看不厌

只因一个曾经是皇帝最爱的女人

为其洁身和虚荣作乐

用想象和豪华铺就爱巢

释放放纵

水是原始的洗洁精

可是，一旦将弄潮的皇宫女人

在历史的浴池中冲洗

为何越洗越不清

13 兵马俑的主人

生

没有欢乐

死

有太多的沉重

用马布阵将之护卫

护不住的尊严

被土地和后代捉弄

只留一个符号

在旅游胜地的上空涌动

你用暴戾和兵阵换一张门票看后人

后人用金钱和好奇买一张门票看你

14 西安碑林

黑白世界

象形文字

用个性和激情书写了

真草隶篆的历史

收藏不仅是形式

也是手段

林子用书体与石头栽培

竟也枝叶繁茂

看不尽的历史宝藏

让许多人流连忘返

东方文明的符号

闪耀在西安的土地上

15　无字碑

无字

并不是心底的无语

一个女皇在城外使了个手段

分明祈求比"有"更大的丰碑

无须演义

更无须装腔作势

宫墙内外的喜怒哀乐功过是非

总有人做它的忠实秘书

什么都由它去

让脚步永远跟着心步

历史的说书场不被一个人包揽

灯灭人散后等来的又是晨曦

16　夏与秋

漫长的夏是酷热的季节

涔涔的汗水浸透了衣袖

有一天忽然从北窗吹进爽人的风

你应该起身欢呼

那是走来了渴望已久的秋

漫长的夏是燥热的季节

蝉儿青蛙鸣叫不停

有一天忽然从庭院传进蟋蟀吱吱的叫声

你应该洗耳恭听

那是秋的天才歌手在向你致敬

漫长的夏是恼人的季节

许多天真的花儿纷纷落英

有一天忽然窗前落下几片红叶

你应该站起来向它走去

那是爱秋泛着羞红正欲牵着你的手

漫长的夏是酸涩的季节

一些无奈的气味在空中飘来荡去

有一天忽然门前的葡萄透出香味并由红变紫

你应该到葡萄架下走走

也许你的思想会在此结实

17 夫子庙

六朝古都的宫门关了

南唐的伤感也烟消云散

王谢堂前飞入寻常百姓家的不仅仅是燕子

也许还有吃的发达的味蕾

臭豆腐依然发着历史的臭气

南宋吴自牧的菜品中

鸡血粉丝汤更是一代代秦淮人的最爱

基因张狂的味蕾在夫子庙扎堆比拼

一代夫子呕心沥血着国家大事

代代信徒却将经念得不伦不类

异教他说该笑孔老先生无能力拢住信徒

将世界看得很透的老子却下了如此结论

治大国若烹小鲜

夫子庙

中国智慧的集大成者

18　雨花石

天降雨石

落地如花

飘忽不定的花纹

是苍穹中的云的飘带

一簇簇的五彩鲜亮花朵

分明让我们看到了某一个季节的美

似有风徐徐吹送

更似花前月下情侣的窃窃私语

千变万化

姿态妩媚

活脱脱出世间的风景旖旎

19　孔林

一部《论语》

心灵的风风雨雨

多少年的心血

也栽培出枝叶繁茂宏伟壮观的树林

让世人瞻仰，凭吊

一个伟人的痛苦是一种境界

一个国度的昌盛是一种福气

都是智慧牵着智慧的浇灌

但需要呵护

不要过多地说三道四

人生自古谁无死

留片树林傲天下

20 柳泉

泉眼里流出的

曾经是乳汁

白白的

富含营养

让一个少年才华横溢

泉眼里流出的

曾经是咖啡

黑黑的

苦味浓浓

让一个充满抱负的人吃尽苦头

它外溢成溪

绕柳

绕村

绕更广阔的地域

不怕一个个鬼妖狐仙捣蛋

嬉笑怒骂

直击他们的"三寸"

柳泉

如今你已不单属蒲家庄

而是世界文化村的一个闪亮的景点

在这里大可笑谈人与妖的比拼

21　石老人

一个海边老人对女儿的期盼之姿

被年代的风雨雕琢成石像

一代代龙王总不得安分

见了人间的美女更是乱了方寸

越界的行动尽管惊涛骇浪

龙界也不是没有好的典章

人与龙喜爱子孙满堂

失去骨肉哪个能不愁肠

一个老人不顾一切地跳进海里

那痛苦急切的上天也要为他塑像

他就那么无奈地看着海的深处

那么日夜厮守背对着荒废的院墙

任凭风吹雨打

任凭多少规劝都不能使他回到岸上

让一个思念女儿的父亲痛苦一万年

是人间美眉的过错

还是龙王们本就是天生的多情人

谁能告诉我

22 田横岛五百壮士

二千二百余年前的鲜血

在小岛上依然没有干竭

浇出松树威仪

浇出悲鸿的《田横五百士》图

当年是怎样的一个以大局为重

刘邦不过"砍头一观"的无诚意

断送了一个王者的性命

又是怎样的一个"义"呀

"露晞明朝更复落"的哀唱

不仅拒绝了大汉王朝的荣华富贵

五百把战刀的自我殉节

又续写了高风亮节的泣天地的一幕

人创造历史的辉煌

历史也勾勒人格的大写意

23 屋梁松

屋梁松

做屋梁的好材料

种子却不能被阳光唤醒

狂风烈日下默默无闻

在暗无天日与世隔绝的松塔里咀嚼孤独

遭遇山火是一生的劫数

也是"天降大任于斯人也"的必然

那就让大火来得更猛烈些吧

燃烧，将生命的种子爆发

在辽阔的大地上破壳而出

生根发芽

天生我才必有用

24　琅琊台

琅琊台

黄河之滨古城遗址的一部分

高不过一百八十余米的小山土台

却演绎着越王勾践称霸中原的气魄

演绎着秦始皇一统天下的胸怀

也是汉武帝雄才大略的缩影

剑锋所指

并没有所向披靡

卧薪尝胆的苦衷

让一代君王受尽了折磨

功成名就之后范蠡与西施的"私奔"

倒成就了英雄与美女的佳话

琅琊刻石

明摆着是要立一代丰碑

李斯一手漂亮的小篆

使人知道他原来有不同凡响的技能

徐福渡海索取长生不老之药的传说

都是仙人安期生的"挑拨"

汉武帝不得了的功业

是不是也该有琅琊台的些许贡献

三次登临的事实吐露了他是始皇的粉丝

要不，不会有人说他同始皇一样"穷兵黩武"

为何同始皇一样一而再再而三

大有中国人看待"三"字的世界观

琅琊台

你只是一个古人留下来的小土台

但你在世上存了两千余年

"以观沧海"是你的初心

观的又岂止是"沧海"

据说，你也承载着观宇宙的使命

你也是中华民族观沧海观人生的眼睛

25　这里的景色多么美丽

阳光下这里的景色多么美丽

远处粗犷的小山是正洗着桑拿的少年

落了薄雪的山脚下村庄出奇地恬静

我的近前，一只狗和孩子在结冰的池塘上玩耍

自然之神创造了许多美丽的景色

有几个人能够悠闲地欣赏

冬天嫌冷，夏天说热

不知因由，是如是之说还是欲盖弥彰

美丽的景色笑送了几多痴人

唯有诗人将风景的碎片镶在不朽的诗章上

还有农民——那些善良的风景守护者

他们不但懂得修补还由衷地歌唱

26　厨房里的白菜花

柔和的春风不为你吹拂

温暖的阳光不为你照耀

肥沃的土地不为你依托

清澈的河水不为你浇灌

你只有一个不大的杂乱空间

然而你开得花儿鲜艳，开得金灿灿

人们不来欣赏你的风采

蜂蝶不来把你的花粉采集

调料瓶里酱醋们的愁苦还得你来安抚

缭绕的油烟还时常把你侵蚀

你却有谁也无法扑灭的信念

因此你开得花儿鲜艳，开得金灿灿

27　银龙鱼

在混杂的水底世界

你保持着怎样的小心

把耳朵藏进头骨

听觉上呈现着不听的状态

你是怕谁说你有偷听的毛病

听，但不见耳，看谁说出你些什么

让内耳与心灵沟通得更方便

龌龊的事情佯作没听到，也是一种高明

你是企图让他们说你是"两耳不闻窗外事"的鱼

道听途说得太多的确是对心灵的折磨

那就充耳不闻

做个藏住耳朵的选择

你并不怕谁说你是失去双耳的"残废鱼"

内耳的声波时刻接受上天的嘱托

落落大方悠闲的生命在世界上出现过上亿年

"鱼类活化石"的美名不是表白，是实际存在

你是鱼

一条如今仍在水中存活近百年的鱼

姿态优美，通体银光闪闪

名字中冠以"龙"字，是你的品位更是你的尊严

28　樱花

你选择了春

如同杏子选择了夏

你奉献的不是甜美的果实

而是令人向往的花

你一口口咽下寒冷

你一口口吐出温暖

于是美丽的花儿向大地盛放

于是苦的果儿你自己品尝

长夜里多少人悠悠的情丝牵挂着你

残冬里多少人苦苦寻觅你的踪迹

料峭春寒中多少人钟情期待你的出现

这一天你终于出现在芳园星光灿烂

29　梧桐花

我是你面前的一束紫色的梧桐花

我要让你看看它有多么丑陋

而你猛然扭头

我这才明白你早已看够

我是你面前的一束紫色的梧桐花

你嗅它不停地散发着怪臭

而你撒腿就跑

我这才明白你早已饱嗅

我手拿这束紫色的花儿追你

我要"逼疯"你的灵魂

让你知道眼下你已无路可走

我想看到你漂亮的拳头

30　立秋的晨风

当颤动的阳光

拨开我的眼帘

秋的晨风吹拂我的长裙

洁白轻盈的柔姿纱

飘出了似雾非雾的梦幻

裙褶里收藏的甜言蜜语

开始一点点发芽

爱情的高卡路里

是巧克力的热度却不敢靠近

当你我组合不出结局

就让手中尚能握住的理性

伴着点遗憾停留在这里

让秋风收去

在秋对嫩芽并不厌倦的时候

31　秋日的夕阳

海面是潮红的夕阳

石老人酩酊大醉

潮汐

由远而近

一杯杯向他敬来

零星的游人也是夕阳大宴中的散客

一个个踉踉跄跄

抓一把沙子抛向空中

沙子也醉了

秋日的夕阳

原来你是一杯浓浓的酒

32　水晶花

溪水

从山谷潺潺而来

涟漪的碧波下

颤动的是小石子吗

哦，小石子

请将我的温柔吸进去

蜕变成一棵水晶花

我要在水面上写满热情的话

今晨

我愿与你站在布满水晶花的小桥边

用颤抖的手指给你看

我说它多么浪漫多么情意绵绵

33　风神

你曾给周郎破赤壁的神力
岁月悠悠
埋没了多少残垣尘埃
但你依然

今晨东风又起
不知你是在晨练风骨以保青春
还是正寻找弄潮儿的风华少年
这时代风流人物不断

啊，风神
你是弄潮儿的期盼
雨也需要你送，霾也需要你赶
你今天的使命似不是当年，愿你也勇往直前

34　清露

清露
似玉坠般晶莹剔透
小草多么幸福
总有你的依附与问候

或许你的昨天也不是这样
尘埃也曾把你染脏
但努力蒸发是你的本分
在云雨中还原本来模样

有一颗冰清玉洁的心谁又能怎样
困顿与诱惑都是白忙活了一场
内在的品德是生就的骨头
有一分爱也就发一分光

35　竹子庵

如江南的梦境

却让道家蒲团打坐

悬崖峭壁上

用东方的眼睛看云外的世界

一千五百余年的历史

轮回了多少个春夏秋冬

累累的白果

能否承载许多四季的承诺

天天不断的

香火的缭绕

月月拥有的

是香客的虔诚

那缕缕载不动的愁苦

是否都化作远处的迷雾

那墙边的竹林与秋叶

有多少故事在风雨里飘来荡去

夕阳中的门总是要关上

总是要迎来第二天的朝阳

那么，明天的明天

是否重演着命运的苍凉

36 鹰

悬崖上直冲云霄的苍鹰

越过阴森的森林

突破荒凉的原野

你蔑视低谷

那看似不动的生灵

翱翔在高高的天空

险中求胜的技能是你的看家本领

明确的目标是你信念的保证

你不嫉妒孔雀的美丽

你不羡慕鹦鹉的风情

你瞪着炯炯有神的双眸

寻找生活中需要捕捉的生命

俯冲而下

百发百中

你是一只挫不败的苍鹰

37　一线天

如坠入断崖峭壁的夹缝

你看不到晨雾渐散的缥缈

也感受不到骄阳高悬天空的火热

在忐忑的进行中

仰望可怜的一线天

那一线的希望

给踌躇不前的游人注满动力

进入的时刻

恰如跌入低谷的人生

头上现着一线天

天无绝人之路

有一线天，路就会出现

38　收藏小感

是秦砖汉瓦

还是明清官窑

忽然兴起的炽热收藏

让淘宝人的眼力忽低忽高

多少默默无语的故事

为收藏者带来寻求的索引

刻意有形的摆件

岁月已浸润了多少年的包浆

点点滴滴的互动

都在流动着对以往的情感

纵使练就了一双火眼金睛

也难在历史的大学堂上交上满意的答卷

物是人非的事实

心灵与心灵的沟通真的好难

言不由衷的时代变迁

企图将真实的历史片断托物代言

收藏的考证是一种真诚

收藏的唯利是图是一时的聪明

收藏的炫耀是虚作的表现

收藏的倾家荡产是拿全家人的财产开了个玩笑

39　帆船

大海中点点的白帆

如玉兰

如露珠

如雨的花瓣

你起伏的姿态

是岛城跳动的心律

你无声的感召力

是启动这座城市航行的心之歌

看，风伴你的脊背

鼓得正欢

看，海浪涌你捕捉美好的明天

我们不要施舍

我们有自己的财富

五千年的文明

拍着这座城市的节奏

群情激昂的斗志

蔑视，卑躬屈膝

我们信心百倍

我们用行动的双桨向更高的目标靠近

美丽的青岛，我可爱的家乡

40 春雨

如丝一样轻细的春雨
听不到它的淅淅沥沥
像有一双仙女的手
抚摸着万物和大地

那屋顶上笼着的薄烟
是湿漉漉的水汽
是谁撑着黄雨伞慢慢地走来
是可爱的邻居正要去管理她的菜地

春天真好
不经意间她悄然地来到
待我去换上一件薄薄的衣装
我要去园中接受春天的拥抱

41 雾

如毛毛细雨

似玉女的纤手

轻抚我的脸庞

栈桥边

隐隐可见的小船

在雾里时隐时现

你曾经的出现

是否也如早晨漂浮的水汽

在他乡的大街上露面

不知，是否

有人也在小桥边泪水涟涟

唯美的画面

偏也伤感

特立独行的云

是怎样的空气对流

又是怎样的心情才能急风暴雨

42　仙鹤

你耸立在湖之小岛

在茂盛的杂草丛中鸣叫

你是站在了它们的肩上

俯览烟波浩渺的波涛

瑟瑟的秋风

正与湖水打闹

都道是悲秋寂寥

你为何不忍心抛下它们到别处把家园寻找

啊，仙鹤

你富有了什么

你又在等待什么

但你卓尔不群的气质从未丢掉

43　蟋蟀

你熟悉秋的红叶

你知道那是秋向世界展开的一面面旗帜

于是，你开始了自己的宣言

抖动着时间的双翅

以乐师般的水准

向世界赞美着秋的到来

你不惧怕凛冽的风会在某一个早晨降临

你准备以喋血的赤诚等待着

没有芳香的花季是时间的一个过程

这过程有更重要的积累

所以你不想寂寞地等待

你决心当一个忠于秋的歌唱家

你歌声嘹亮

充满了真诚

你是一只小小的昆虫

但你永远属于秋

社／会／篇

1 野马之死

——为准喀尔草原第一只圈养的野马之死而作

母马溃烂的肠衣拖至草地

狂奔千米低头将之咬断

腹中的小生命就要出生

为保胎儿人们强行按住马头使之伤痕累累

再用绳索把它拉倒

四蹄捆住管它破不破皮

兽医绞尽脑汁要把小马驹掏出

怎奈胎死腹中鲜血满地

为达目的人们只好给马松绑

母马痛苦地微闭双眼

张开了嘴巴大口喘息

鼻声震颤似有千言万语

天空突然降下阵雨

尽管在这里多年不遇

是不是上天在为没出生的孩子做个洗礼

忽地，母马似乎听到了什么声音的呼唤

用尽最后一点力气顽强地站起

它瞳孔放大

在生命即将结束时

用心，用感觉，用一种特殊的语言

向不远处雨中的马群做最后的诀别

站在围栏里边的马群默默无语

母马又缓缓地从它们面前走过

尽管孩子的一条腿被兽医拖出体外

人们的眼泪也伴着雨水一起流下

似乎明白了是人的过错

这是准喀尔草原第一只被圈养的野马的生产日

假如它仍在野地里奔驰

小生命会不会死于难产

在出产生命的一瞬

它也不会知道就要死去

只本能地知道生命延续代代相传

而人类却剥夺了它生存的权利

尽管不是不怀好意

看上去它也毫无怨言

我的心灵日夜疼痛不能忘记

也应该在未来的路上像它一样奋争不息

完成人生苦难的使命

无怨无悔无声无息地死去

2　献血

鲜血

如小溪般从血管中流出

为救他人

你无怨无悔地做了生命的使者

付出

像参天的白杨

结着五千年文明的博大爱心

你是一个优秀的中国人

人生的品格

灵魂的花朵

3　信鸽

敏捷神奇的信鸽

即使放飞到千里之外

也会眷恋故土疾速而回

但愿装满期盼的信封是一只飞鸽

捎去我对远在他乡的亲人的思念

里面有情感的婀娜水仙花

清香里叠加着清香

但愿那双迷人的小眼睛

不仅欣赏花的洁白

也能嗅到花的芳香与心灵的纯洁

就在夜深人静时慢慢感受

用这真诚

用这真诚等待召唤

召唤将要启程的人生

4　苍鹰

收拢双翅
背对劲松
利爪扎进岩缝
得志的苍鹰

双目炯炯俯瞰尘埃
凡尘不过尔尔
瞄准大地俯冲下去
给它一个惊吓

大千世界生灵种种
有什么样的梦就会有什么样的天地
让思想捶打成高贵的品质
敏捷与勇猛便塑造了它不屈的身躯

5　盲人与少女

红白相间的盲棍
将要触到车轮的一刹那

一双细小的手

飞速上前引导

没有等待赞美的期盼

没有芸芸众生的夸夸其谈

只有一种真挚的爱

一个幼小的心灵即刻完成了她的夙愿

哦

道德

品格的像素

在那么一瞬间定格了

6　不必表白

为什么要让往事

藏在诗的缝隙里

那该咒骂的缝隙

虽然往事已成过去

那可是生活中一朵洁白的浪花

它富有传奇的美丽

那发自内心的真诚

无与伦比

既然往事

已不能给你带来愉快的回忆

就不要表白珍藏

把它扔掉

就像抛弃书签一样轻松随意

别让那种种的回忆

玷污了纯洁的诗篇

优美的心灵

从不偏护虚情假意

世界上

没有任何一个港湾

允许虚伪的小船停泊在那里

7　思念

海洋多么宽容

鹅毛大雪也能即刻融化

海面波光粼粼，小船点点

载着航海人的期盼

我的心里也该有一片海洋

任柔和的浪花把怨恨融化

世俗的眼里谁不看重身份与地位

让曾经的拥有成为美好的回忆

8　与你告别

与你告别

微笑是已关在门外的陌生人

整天无所事事

谁是你的朋友

日复一日

无所事事也不更换

去市场与谋生的小贩斤斤计较

那可是你在我心中抹不掉的形象

干吗如此

谁蹂躏了你的感情

请不要表白"真情"二字

在你与我的字典中已不存在

9　偶然的巧遇

摩托车一闪而过的瞬间

我竟呼出了你的名字

偶然的巧遇

慰藉了多少个难熬的夜晚

脚尖轻轻着地

你又在镜片上叠加茶色的镜片

镜片复镜片面对着我

我看不到那曾经清澈的眼神

如同坠入深洞

我感到昏眩伤心又害怕

几乎锁不住的怒火就要爆发

但我又急急地给心里加了几道锁

我忽然坦然的心里像蹲着一个死囚

你走吧，立刻从我眼前消失

我为何突然有这样的念头

摩托车嘟嘟声渐渐远去

一种豁然的释然猛撞我的心头

10　小贩

枕着的扁担是你的行头

与睡姿勾出一个半圆

面杖堆在身边你是太累了

城里的人行道圆你一个香甜

秋日的阳光好暗　偶有光亮

似不经意地照在你的身上

但你却睡得昏天黑地

行人与车的嘈杂声不能将你惊起

看你的嘴角似有些微笑

是梦到了妻子儿女还是院中的鸡鸭花草

一阵尘风不留情地扑向了你

眼皮略抖一下你又复归甜蜜

人的一生总要经历风雨

你也曾经有梦，有大半生的经历

不知何时何地在人生的十字路中跌跤

花白头发的年龄仍沿街叫卖维持生计

11　致少年伙伴

夕阳残照下

酒馆门前的你

又涨着紫色的脸

在你的身上

已找不到少年时的英俊

语无伦次

潮红色的眼神躲躲闪闪

你怕谁啊

我少年时的伙伴

你的妻子不是早已成为别人的新娘

在这个世界上

你已成了小酒馆的常客

甘心成为酒精的奴隶

一切的一切哦

也不知是上天的旨意还是自身的问题

果然都是自己的过错

究竟何事让你如此颓靡

12　无题

虽然对桌而坐

却是无言的寂静

深红的葡萄酒液

催得泪水涟涟

酒精的威力暗暗施向全身

软绵绵的双手滑落垂下

掌中宝转眼飞离无影

失去了太多也就难以回答

生活中的种种烦恼

恰似算不尽的加减乘除

没有酒精的双臂也不能打倒什么

酒与闲聊只是无奈生活的托词

13　曾经

曾经的一切

都已曾经

染一头灿灿的金发

修一对弯弯的黛眉

涂一口淡红的娇唇

洗一排洁白的牙齿

痛苦的思念

都已痛苦

酒精的麻醉绵软无力

推杯换盏声声远去

魔鬼嚎叫凄凄渐进

打旋的小船却偏遭暴雨

回忆的往事

都已回忆

轻轻的岁月慢慢串起

曾经的痛苦，回忆的泪珠

哦，人生是这般无奈

这般地难以做主

14 水声急急

手机里的水声泼出了爱的大写意

风吹水面浪花四溅

浩渺的水面

似有柔情的小船驶来

你用虚拟的激情激荡我

你知道水是我的安魂曲

你真酷，我的朋友

不怕溅起的大浪将你淹没

朋友，距离产生美

在缘分还未将两人弄得难以招架的时候

15 让生活发酵

让生活发酵

看谁酿出最美的酒

上天赐予才智

潇洒地播种诗行

参天大树

怎能枯萎死亡

任雷电轰鸣风吹雨打

根已扎进五千年文明的土壤

耕耘沥血的诗句

吐纳沧海的酒量

水库泄洪

填满传奇的履历

不留空白的日子里

有多少人从诗中找到知己

感谢上苍

太多的知己已与之分享生活的气息

16　污言

一盆污言从头泼下

惊颤，透凉又特脏

怎样才能把它除掉

垃圾箱说："我这里没有地方。"

努力企求同样的目光

看到的是有人闭眼，有人扭头到一旁

积怨的火山就要爆发

却见一个天真的少女微笑着走到我的身旁

她说："你的身上突然很脏

是他人故意弄到你的身上

我用净水帮你冲掉

你赶快回家换件衣裳。"

我连忙转身感谢可爱的少女

却不见有人站在我的身旁

原来是宽容及时地敲开了我的心扉

让爱主宰了我的胸膛

我为什么不能用宽宏大量原谅他人

哪怕他已给我创伤

这个世界还是美好的多

美好的心灵是人类的另一个太阳

17　你的心灵

你的嗓音

宛如黄莺轻轻啼鸣

惊得古筝不敢出声

你的眼神

如同深秋夜空中的星星

直羞得蒙娜丽莎微微地闭上眼睛

你的双手

就像被匠人打造的和田玉的玉件

就是当年浣纱女见了也会避让三分

你的心灵

更像大海一样博大宽容

任凭风吹雨打依然晶莹透亮

你是夜航中的灯塔

能穿越迷雾重重

不管我遇上多大的惊涛骇浪

你都能指引我走向幸福的航程

18 悼少女 S

她心里有一片不走的云雾

整个下午在海边徘徊彷徨

礁石上绝望地一跳，天崩地裂

一个年少的生命就这样瞬间夭亡

浪花翻卷复又平静

恶魔吞噬了她的生命

放飞的灵魂去敲响谁的家门

那里是否有幸福安宁

这世界谁能奏完美的《命运交响曲》

当年的贝多芬也是典型的被命运捉弄的俗人

纵然一个人能天天被鲜花与掌声簇拥

审美的支点也难永葆青春

一个人就应当过好每一天

心里有爱没有恶魔并能容忍他人的缺陷

一个博大的胸怀是辽阔的天空

莺歌燕舞，麻雀也飞得自由自在

19　礁石

浪疯了

向礁石施出淫威

礁石笑面相迎

一次次地较量

依旧岿然不动

还有什么花样尽管拿出

心底无私并不怕他人陷害

昨日的吵嘴只是一场误会

冤屈过后总想找机会敞开心扉

拨开迷雾，太阳出来，月亮也会回来

20   失掉

钱被偷了

衣兜空空

看冬天冷冷的大街上

也似少了许多许多的真情

假如小偷有胆量折回

我要问他有没有偷心事的技能

心底的仓库已经压仓

气喘吁吁不能消停

我走路蹒跚

一来为钱，一来并不是为了钱

脚下的路软软绵绵

似踩上一只摇晃的小船

21   盲乞丐

黑色的眼睛是摆设

一只手努力地寻找笛孔

吐出舌头的嘴巴按在了另一个笛孔上

于是，悠扬苍凉的《回家》响在汇泉广场的上空

回家

可怜的人，你的家在哪里

是不是只在笛孔里

人，谁没有家

可有的人无法回家

却用笛声搭起别人的回家梦

22　今夜多美好

我们是一些贫苦的人

为了生存必须整日操劳

谁不知道，我们买不起舞票

可今夜多美好　风儿轻飘飘

来，我们在草坪上挽手起舞

让身体像风一样轻巧

让舞步赶走疲劳

贫富事我们最明了

我们是一些正直的人

为了尊严，从不低头求饶

谁不知道，我们总有苦恼

可今夜多么美好，明月在爬高

来，我们在草坪上挽手起舞

让心灵像明月一样纯洁

让舞步驱赶烦恼

人情世故，我们最知晓

我们是一些善良的人

为了行善，吃的苦头可不少

谁不知道，我们期望得太高

可今夜多美好，星儿在闪耀

来，我们在草坪上挽手起舞

让眼睛像星星一样闪亮

让舞步追赶崇高

世上的成果多是我们来创造

23 别以为

别以为小草叶向往你高贵的阳台

也想成为你阳台里沾沾自喜的花卉

如茉莉与吊兰

用醉人的香气和娇艳的姿态换取恩赐的地位

别以为小草从此就会沉落

再也不会将大地装点得葱茏秀美

它是因爱而拥抱热土

不进入你的阳台决不后悔

别以为你是喜爱绿色生命

而不间断给花卉施肥浇水

倘若它们不能满足你的欲求

也会遭到你的冷落与诋毁

别以为小草天生没有自己的梦

它是上天的使者，大地的骄子

身小志坚方能行遍四海

自古天涯何处无绿洲

24　不要因夜色深沉而浮躁

不要因夜色深沉而浮躁

正好美美地睡上一觉

睡梦中可造访理想

醒后更知如何营造

正好美美地睡上一觉

必须解除身体的疲劳

过于紧张也会损害身体

那样可难感受美好

必须解除身体的疲劳

不这样来日怎能把丑恶击倒

江河不能浑浊下去

鲜花不能让大雾笼罩

不这样来日怎能把丑恶击倒

它在世间犯下的罪恶可不少

人们终究要有一场决战

将它赶回黑暗的老巢

25　那只蟋蟀

它真的生性好斗
是争斗场上天生的好手
用一副被仇恨烧热的牙齿
把生的道路夺走

当美好的秋降临大地
它是赞美秋的第一个精灵
歌声真挚而激越
如同夜莺歌颂爱情

有一天，一双暴戾的手将它投入难逃的容器
让它与自己的兄弟狭路相逢
残酷的欲念挑起事端
猛然跳起对自己的兄弟逞凶

兄弟呻吟着倒下
它却一时间成了了不起的英雄
就在它得意忘形的时刻
又被投回寂寞的陶罐中

秋天等待它的赞美

它却在为下一场争斗调养身体

如果谁向它道出争斗背后的秘密

来日它仍会杀死自己的兄弟

26 减肥妹妹

哦，减肥药

现代版窈窕淑女的闺蜜

天天不厌其烦地造访

勾画一个令人痴迷的视觉上的新天地

都道当年杨贵妃以丰满迷倒唐玄宗

多少风流韵事罄竹难书

国家的大事抛之脑后

逃避安史之乱的路上终消散了唐宫"超女"的风度

宋朝的花前月下"人比黄花瘦"的易安居士

时常"为伊消得人憔悴"

她的爱国情愫和清新婉丽的词风

后人看她的形象大有"女豪杰"之美

昨日的棉袄与对襟

掩饰了多少妹妹身段的曲线

曾经养眼又养景的旗袍

也不是食物与药品构成了完善

都道生命是一定单位物质与精神的总和

两者时常却又不能调和

硬让一种药品进入身体施展魔法

不知是聪明的举动还是无知太傻

犹如练功人走火入魔

那些魔头进入妹妹身体竟然不知饥饿

骨瘦如柴也佯作没病

到头来竹篮打水不止一场空

燕瘦好还是环肥美都有拥戴者

都是自我感觉良好都是时代审美观在作祟

当世界喘一口气都传达着商业饱嗝的气味

身体应对处境能有多少资本多大作为

你用身段装饰了别人的风景

别人能用什么装饰你的心灵

27　付不起的心态

不断地付出

如螳螂在草丛中延续后代

这是怎样的算术

答案是加减还是乘除

过程

太像一堆乱渔网

沉重却又理不出头绪

醒悟后是付不起的心态

28　垂钓

你在垂钓

他在咬钩

你投放的诱饵是他的心愿

他做出的牺牲是你的期盼

你知道他定会咬钩

他晓得你要的是什么

心有灵犀一点通

相识相钓不说谁的对与错

你不声扬

他不喧哗

张扬出去不得了

还需披上一件冠冕堂皇的外套

29　一只蜻蜓

一只黄色的蜻蜓

飞翔在灰色的海面上

瘦弱的躯体时而弯曲

触动汹涌的波浪

看它急躁的脾性

断不是游玩观赏

在这陌生的水域

它怎能安家生长

这里有丰裕的食物

但都在深水里潜藏

它虽有漂亮的翅膀

却不能在水里游畅

水鸟在低空盘旋

恶浪最变化无常

危难时谁又能相助

也难栖息在树枝上

什么因由使它铤而走险

什么因由让它背井离乡

天上的白云木然地飘动

它渴望的幸福终在何方

30　海边念想一闪

薄雾里飞出快艇

浪花拍岸

击打出哗哗的节奏声

独倚围栏

心中响起《十面埋伏》的小提琴曲

何以解围

让我能跨上驾驭心境的快艇

31　问候

问候该是甜蜜的

泪水却似珍珠撒落一地

洁白如玉的菊花

是不是没有故乡

看它天真的笑脸

像从没离开故土的模样

今晚谁也不要理我

也不要给我指看圆圆的月亮

把眼前的月饼给我拿走

让我独自洗洗衣裳

32　破碎的暖瓶

砰的一声

暖瓶自爆

长时间的弃置不用

气压会乘虚而入

人的大脑也是如此

荒废是慢性自杀

终有一天

33　我问

站在高山之巅

我发问

你高吗

为何却在我的脚下

面对宽阔的长江

我发问

你宽吗

为何不够我心之舟横渡

踏上伸向前方的路

我发问

你近吗

你能尽快送我到属于我的温暖的家吗

我的路的近旁没有奔腾的江河

我的江河之处没有伟岸的高山

我的高山脚下没有曲径通幽的小路

我在等待，在召唤，在苦思冥想

34　你的小船要驶向何方

纵使交往的树结满了金苹果

我也不想摘

你的突然离去

真让人肝肠寸断

说什么金秋是收获的季节

为什么友谊的树不能硕果累累

问茫茫水面

你的小船要驶向何方

今早我独自彷徨在小河旁

我要看昨天的种子有没有在河边生长

恼人的蝉鸣声乱了兴致

我只有摇头，扭身，再耸耸肩膀

35　电话亭

电话亭寂静无声

正午的阳光下睡意蒙眬

往事的胶片

却跳上意识的荧屏

喜欢你落泪的脸

哀怨的泣语给你一个深切的吻

一阵风吹过

又杳无踪迹

从此后

烈日下的话亭孤苦伶仃

你是摆设

还是懂事的呆萌，成为失意人大街上的遮掩

36　磁性的男声

声音拥着形象的你

先用彩玲敲我的耳底

我战战兢兢

分明是和风细雨的问候

却不能自控

这磁性的男声

你俘获了我的心

如沙滩迎接柔浪

如大地亲吻细雨

比乐曲还要美的声音

难道是来自天国

要不，为何那么不同凡响

让我春心荡漾

37 没有坐标的书

人生是一本没有坐标的书

但这本书很有章回小说的传奇

母亲送给的第一声啼哭

便确定了书的名字

咿呀学语和蹒跚学步是童年

翻开书的第一页扑面而来的真诚是得意的序

不多的字企图向世人宣布

又有一个新的人物走进社会的大江湖

学业的十几年

谁说不是分辨自然的真与假、社会的正与邪的演练

是与非、迷与乱的嘈杂

有答案没答案都成了故事的索引与铺垫

中心展开，高潮迭起，主人翁左冲右突

春夏秋冬，甜酸苦辣，太多的相识又陌生

上午的蹉跎岁月牵着下午的不服输赢

咬紧牙关的嘴巴还是松口推托天命

书终究进入尾声

只知道一天天叙说吃喝拉撒与闲情

多亏可以回望色彩斑斓的插页

并用无奈的模糊文字装帧墓碑样的封底

38　安详入睡

摇摇晃晃

扶床起身

对你的思念哦

让我筋疲力尽

把一腔的痛苦

倾向大海

纵有一生的冤屈也要隐藏起我的爱

不越雷池一步，我的尊崇

当岁月的手染白我的鬓发

请允许我最后一次用情丝盘一朵白菊

把鲜红的心血化作一滴滴红蕊

装饰在银菊上安详入睡

39　心思

有眼被无眼遮挡

嘴也成了无用

唯有心思像风车一样转动

痴情追不到有情

绵绵的伤感

淌成涓涓泪的河

逆水行舟的我

付诸了千般的叮咛

理由总是复套着理由

让一颗破碎的心没有了前程

今夜月光皎洁

看我能否在月下的小路找到宁静

听不远的海浪翻出一声又一声

我干吗要给自己树立爱情的墓志铭

40 蚯蚓

阴冷潮湿的地方

簌簌声在杂乱的石土里响起

这也算是一首歌

似乎吟唱生命的意义

想同鸟儿一样在高空自由飞翔

却没有生出飞上蓝天的翅膀

想同骏马一样在大地上骄傲地奔跑

没有挺拔的四蹄怎么会得意扬扬

血液中的嫉妒凝结成白色的毒液

所到之处总留下伤害的痕迹

疏忽了无身的养生之道

终于酿成灰白无力线形的躯体

纵然这个世界让你去开垦

你只会咬断土壤里生命的根须

回头观望那曲曲折折像不像新花种的模样

其实那是土壤痛苦的裂隙

你不停地吟唱

还不如像螟虫一样一声不响

你不住地耕耘

还不如同蛴螬一样用泥巴将身子紧紧裹藏

41 濒危的丹顶鹤

这是何样的顶冠

智慧溢成了小小的"太阳"

莫非它与天上的太阳来自一隅

有一天它也要大放光芒

这是何样的白羽

显示出心灵的纯洁与高尚

莫非它是白光锻打而成

能将黑暗一扫而光

这是何样的明眸

望着蓝天如同星光

莫非它正展望自己的理想之国

就要动手为之梳妆

这是何样的举止

端庄优雅是绅士模样

莫非它的学堂在高高的天庭

乌鸦麻雀都不能造访

这是何样的禽鸣

声音哀愁又忧伤

你听，凝心静听

它鸣叫的声音本不是这样

丹顶鹤啊丹顶鹤

你是禽中的高士，但如今却成了濒危物种

扎龙芦苇荡的衰微使你忧心忡忡

你梦中都期盼故乡过去的美好时光

42　我走在冬天的沙滩上

我走在冬天的沙滩上

沙滩上冬天与夏天不一样

熙熙攘攘已成过去

如今你变得好凄凉

我走在冬天的沙滩上

不远的岸边是显露无遗的景象

房屋山坡没有树叶掩蔽透出本来模样

此刻仍不停地欲躲欲藏

我走在冬天的沙滩上

在人生的图画中我试着欣赏

人，不能给他人利益似没有了价值

可这是难得的冬天好景象

我走在冬天的沙滩上

我踩着沙滩上的"皱纹"一直走向前方

海鸥的鸣叫是友谊与生命的赞歌

我听到春的破壳声就在身旁

43 三者

小草，你能告诉我吗

当暴风雨欺凌你

你是如何挺身

又是如何哭泣

雪松，你能告诉我吗

当暴风雨巴结你

你是如何伟岸

又是如何沉迷

暴风雨啊，你能告诉我吗

当小草和雪松同时站在你的面前

你是如何用一半姿态显示傲然的神气

又是如何用另一半姿态显示可怜的奴颜

44　如此的心态

我们似乎天天站在一个拥挤的车站

焦急地望着远方

盼望幸运之车快快驶来

然后愉快地挤上

我们似乎天天坐在幸运的车上

全然不顾下一站人的焦虑

希望幸运之车一直向前方驶去

只要能抵达自己的目的地

我们似乎天天在一个现实的大舞台上演戏

剧情前后扮演两个不同的角色

看上去判若两人

而实际登场时并没有粉墨

45　一生

甜

酸

苦

像一杯汽水

但无确定的颜色

装在不透明的杯子里

甜不能掩盖酸

酸不能掩盖甜

苦将甜与酸浮起又落下

分解

抛弃

……

呱呱坠地时无力地捧起

回光返照时贪婪地放下

用一口气

46　隐痛

当温泉滋润你的肌肤

水的温度是否与你心的温度同步

如果它能安抚你的忧伤

如何你一步三回头那么牵肠挂肚

西天的云彩

酷似一片鲜血淋淋的伤痕

猛然有一无形的鞭子抽打在我身上

这种疼无人能懂无人关心

我不想也不能对他人展露自己的隐痛

这种疼你可知，我猜不可能

痛之恨穿透心，只有独饮

今晚你不要在我身边只给我取来火盆

47 雪

世界仿佛刚刚洗礼一样

皑皑白雪飘染了黎明的大地

万物的生灵将要醒来

生存的希望让我陶醉痴迷

晨风轻轻抚摸我的肌肤

海面跳出游泳的红日

水波粼粼似在窃窃私语

不怕伸进海里的栈桥将它拥抱

阳光调皮地爬上了树枝

变幻莫测的色彩给了我无限的遐想

海鸥不请自来滑出优美的华尔兹

啁啾鸣叫在湛蓝的天空

我们多么幸福，多么幸福

如诗如画的雪景让我们辛苦劳作的人

享受了一片天赐的财富

我们高贵的精神瑰宝赛过宇宙里的恒星

48　花石楼

花石楼

是艺术的宠儿

沉淀了欧式建筑的风采

古堡式

希腊与罗马式

哥特式揉为一体

在黄海之滨弄风骚舞

鹅卵石是漂亮的衣裙

城堞与窗口是瞻望的眼神

高高矗立的尖顶是梦向往的路

被美丽的石尊护卫

曾经是伤心的格拉西莫夫的异域家园

曾经是近代各党派风流人物的居所

曾经是影视大片的背景

也是青岛人的谜团

在这永恒的风景中互动

风在吹

浪在翻

物是人非

城堡的钥匙终会落在谁的手中

49　公主楼

公主楼

一个丹麦女人的东方传奇

"飞欧尼亚"号豪华客轮的青岛之行

并没有拉近他与公主的情意

却在居庸关路勾勒了一个安徒生似的童话

假设着，亲爱的公主在异国他乡避暑消夏

丹麦王国的公主总有故事

王宫的哈姆雷特们也充满了焦虑

王子对公主的情爱用别墅演绎

该怎样来翻译人性的黑白

尘埃和不规则的斜屋顶预示了什么

是丹麦建筑美学的展示还是心灵起伏的反映

方形平台和绿色墙面也许昭示平和

在黄海之滨演绎西方的情景剧

上帝开了一个大大的国际玩笑

一座豪华的建筑其实并没走进公主的影子

徒有其名

却让后来的东方少男少女们想入非非

50　青岛栈桥

你是海中永久的居住者

引桥与花岗岩的垒砌是你的誓言

翘角重檐是你的欢欣

浪花涌你，拍你，你随之唱出欢乐的歌

夜幕低垂华灯初照，你楚楚动人

橘黄的灯光如《枫桥夜泊》

水影的光尾随波摇曳

窃窃私语

在这寒冷寂静的夜晚

你有了爱恋的心之桥吗

51　那种烦恼

那种烦恼

像一杯苦涩的酒

让不少的夫妻

品了，咽了

那种烦恼

像一堵断情的墙

让不少的夫妻

远了，离了

那种烦恼

像一味伤心的药

让不少的孩子

吃了，害了

那种烦恼

像一只不知疲倦的老雕

我刚入梦

它就将烦恼抛来了，谁家开始了

这家的烦恼

这不少家的烦恼

孩子哭，妻子叫

开始了，开始了

哎哟，谁能将此休了

52　民工

从高楼上摔下的是你的躯体

一个年轻的生命瞬间停止了呼吸

那根棕色的绳索没有尽到自己的本分

在临近年关时酿成一幕人生的悲剧

这是怎样的一种痛

目睹者无不心如刀割

我的眼睛不敢多看一眼

手儿颤抖，喉哽泪噙

可怜的人儿，我的兄弟

命运之神为何今天与你过不去

你从哪里来，哪个村庄

意想不到地去了一个不该早去的地方

我素昧平生的兄弟

你千里迢迢来城里打工

在高楼外墙做危险而又辛苦的粉刷匠

你是为了一家人过上好日子甘冒风险

我们是不是该怨恨高耸入云的大楼

它为何没有托起你的生命之舟

任死神给你致命的一击

让生命之舟倾覆，摔得头破血流

仔细想来高楼有什么过错

它是不会说话的物，是给人们营造爱巢的建筑

事情该是人为，有没有人玩忽职守

或是其他……

我可怜的兄弟

不管怎样事后都是于事无补

连医生的手都不能使你回春

命运作弄你，你是一个不幸的人

我可怜的兄弟

可怜的民工

愿你走好

愿你安息

53   酒红色的长发

酒红色的长发似密林

轻轻地飘来干草味

雨后的花香也扑鼻

浪漫地在草地上撒野

你那飘逸的长发如千百个眼睛

是不是正在密林深处寻找字典

铺开的字典是大自然的永恒

万马奔腾芳草茂盛

大自然美丽悠悠

青春不能停下，不能停下

等到你的长发全部掉光

就用金灿灿的"爱"字给你种上

54　神圣的音乐

神圣的音乐

像美酒一样倾泻

灌得我酩酊大醉

我喘息着呢喃着

好似被青蛇缠住

等待另一个音符再次把我催醒

我的每条神经里都流淌着乐章

双眼微闭

在爱的乐园里寻觅芬芳

那淡淡的清香随风飘来

呀，洁白的百合

呀，美丽的丁香

我多么欢畅，多么欢畅

我寻到了五个瓣的丁香

她的心灵比音乐都要时尚

当夜色徐徐降临

美丽的五瓣丁香飘来芳香

它同轻盈的音乐手挽着手回旋在客厅

幸福的感觉陪伴我到天亮

55 时间的望远镜

在时间望远镜的一端

我对你百看不厌

在思念的睡梦里

我时常泪水涟涟

无怨无悔流淌成一条绵绵的河

在时间的路上

岁月将我变老

我对你的友情是否会老去

时间为何脚步匆匆

不在我春意盎然的季节里驻足深情地观望

我无可奈何

有一种被不知道的东西撞来撞去的感觉

不经意间你给了我时间

电子书籍是一道展开的光芒

真情扮演它的靓丽

我的眼前五彩缤纷

在时间的望远镜里翘首期盼

没有失望,没有失望

我看到了好风景

看到了累累果实

我被时间望远镜的幸福之箭击中要害

56 西方情人节

是牛郎织女的心老了
不在农历七月初七的日子里淅淅沥沥
而将天河冷落
各自守着自己的心事

二月十四日的大街小巷
异国的玫瑰不停地奔忙
巧克力散发着欧巴罗的味道
让黑发的有情人变了模样

爱情的火种为何也能吐芽生变
根在东方
枝叶却要左顾右盼
是牛郎与织女的哭声太久太远

爱情就是爱情
心与心的碰撞总能情爱汹汹
春天里篱笆的枝头都有生命爆发
移花接木图个什么不同

57 去你的吧——自卑

在同学们的聚会上

你默默不语

低垂的眼帘似深秋的垂柳

令我伤心不已

正月淡淡的阳光

照在薄雪覆盖的草坪上

我们曾在这里读书

从这里走向四面八方

时间飞转

多年后我们故地重游

我说："但愿你头上的白发是雪花。"

你答："自卑更让我雪上加霜。"

去你的吧——自卑

收回你的魔法

还我同学靓丽的青春

我如何能把自卑追杀

我俩走在落雪的草坪上

走了一圈又一圈

你看那个放爆竹的小女孩

当年你可比她还要顽皮

你轻轻一笑抬起了低垂的头

脸上的表情又现出当年的清秀

我的心儿甜蜜无比

呵呵，我们终于找回一点点童真的自己

58 枫叶

眺望窗前的枫叶

你染一片南山

朝霞为之鼓掌

你勃勃如燃烧的火焰

让山体退却了夏日的衣裙

穿上了秋的衣衫

这是你向秋的敬礼

谁不为之感染

岂止是一片片小小的叶子

是天地合一顺心如意的妙算

跳着宇宙的心律

在苍穹下展现

59　感叹

雪花飘飘

洁白轻盈

正呢喃着冬的结束

西北风吹过

屋檐上的雪花翩翩起舞于空中

似向大地做最后的告别

最后的日子

最后的一张王牌

分秒不情愿地移动就是留恋的最后的雪花

该让它纷纷扬扬，还是左右顾盼地飘几片

我不知道

时间的脚步太乱

在我这里已没有了季节

只好无奈地等时间的大脑渐渐地苏醒过来

60　感悟

雨不请自来

无声无息地滋润着大地

天公仁慈

不计得失

宇宙包容无量

任你风花雪月人兽鸟虫

一切都在容纳之中

管它完美歪斜粗糙平庸

不必过多叹息人生

患得患失是一种累赘

有容乃大是古人的教诲

让我们及早地敞开心扉

61　有一株桃树

有一株桃树

无声地生长在窗外的小花园里

春天

花儿缤纷如彩云

却无人赏临

面对白天和黑夜

既然已经盛开

那就开放

那就把花儿

脱结出一个个青果

命运决定你只能结出青果

莫失落

有心人总会将你摘去

把心里话对你说

不要害怕眼前的寂寞

62　你自认为聪明无比

你自认为聪明无比

知识渊博，满腹经纶

伴随清高，度日月

实际上，他人拿你当谷秕

你自认为聪明无比

胸有韬略，运筹帷幄

畅谈他人失策事

到头了，房子钱财两远离

你自认为聪明无比

巧手里做出鞋袜衣

终日忙碌无闲暇

闲人说，聪明人是笨人的奴隶

但愿有一天你能晓理

聪明不再被聪明欺

静心反思

琴棋书画才是你的好知己

63　生日

生命就这么开始

用一声哭，备下了躺坐行跑

备下了亲情与友情的酸甜苦辣

都在这一生要纪念的日子里思考

父母给了我生命

父母给了我血肉

我在一种守恒的原则中筹划

在筹划中见证了我与世界的存在与交流

我是谁

要走向何处

我能回答又不能回答

别人呢，其实同我一样也是一团迷雾

就让我的生日拥有实际与影子

在幸福中不断地加重筹码

一声声笑是一阵阵春风拂面

春之深处我看到的不仅仅是梅花的笑脸

64 你不要

你不要把自己看得过高

也不要埋怨自己的一切太糟

生活本是油盐酱醋一样都不能少

天天都得烹调煮炸炒

你要比太阳公公起得早

当太阳公公揉着眼睛伸伸懒腰

你的诗行已种在诗歌田园的半山腰

浇水施肥护苗除草忙得不可开交

稍息停顿时间老人就会把你来抛

历史长河中天天要把浪沙淘

失败者往往叹息把头摇

找借口是懒惰的好兄弟

想得到掌声还得自己挺直了腰

65　曾经的曾经

曾经怦怦直跳的心
是否
被上天判了徒刑
如今它是那样安逸
像从来没事的模样

曾经走过红瓦绿树，走过寒冷雪霜
那许多的风雨
又让它跌宕起伏
经历的痛楚被经历的清醒打倒
怨不得地，也怨不得天

那就果断地将曾经的曾经变成囚徒
在思想的深处斩断痛点
让它知道闭锁之外还有一片天
只要耐心地等待，美好的生活就会出现

66　寻钥匙

沿着走过的路一路寻找

钥匙是条会游泳的鱼

一眨眼游掉

叹息跟着急躁

急躁与恐慌结伴而行

你说我的不是我说你的不好

妥协了是暂时的齐心协力

而后，希望又把失望打捞

假如，心灵的钥匙不慎丢掉

谁解烦恼

又有谁来寻找

我真的不知道

67　给一位音乐制作人

流浪在外

并非自由

大喜大悲也不是生活的唯一

既然你选择了音乐制作

就不必在乎其中的苦恼

抛弃了迷失

踢开了痛苦

你顽强地活着

如海岸边的松树

又如飞向蓝天的云雀

不记得

进出多少酒吧

不记得

招惹了多少喜怒哀乐

不记得，不记得

只知道用"拼"字向成功跳跃

68　主旋律

对你的思念

像隐身上线的网友的试探

在不知不觉中挖掘你的思想

想象你的脉搏每天都在为谁跳动

我的情怀

在寂寞难言的时刻缓缓排解

我找着理由打击自己的不是

都因你为我点得一首首有针对性的歌

那真的是你敲定的主旋律

它企图旋出基调旋出色彩

如萤火虫只把晶莹的流光传播

神奇的音乐真的使我忘了倦怠

噢

噢

什么是妙不可言

我已心领神会

69 甜蜜伴着泪水

别希望能找到梅枝上的花瓣

寂静的中午

鸟儿都鸦雀无声

甜蜜伴着泪水

在光线葱绿的空气中交融

不知从何处传来的赞美是碰碰运气的情调

轻拨树枝

幻想看透五瓣梅花的心

绕过这棵树

前边是一片森林

寻找

寻找人与自然的交融

70 吊坠

三个外圈灵活转动

散发出耀目的光彩

那独特的结构

跃动了时尚生活的美

层次感的设计

随着女性的一摇一晃而璀璨

中性光线下

流露出节奏感的视觉美

使人的心灵变得纯净

富有宁静感的印象

给人们带来愉悦与温馨

如元素颜色形成的渐变色阶

构出平和的惬意和美妙的私人空间

71 女人的内衣

内衣

天生带有隐私性

它裁剪出了女人味的性感

那色彩亮丽的图案

融入了糖果的色调

镶边的水晶与流苏的气派表现得恰到好处

时尚的概念又把内衣的风采推向极致

这一切，你却没有

你只是一个垃圾堆旁衣衫褴褛的年轻女人

内衣外露

头发却挺整齐

不远处橱窗里的时尚内衣

似在将你叹息

请原谅

我的手中与家里都没有像样的内衣送你

我不是说得好听

用假仁慈欺骗你

我昨天还为一件时尚点的内衣伤透脑筋

我同样没有钱，我默默用文字表示对你的同情

72　青春的你

巧克力色的裙摆镶着黑格

与彩袜、小腿搭出品味的感觉

你的走动，青春靓丽

是跳舞如蛇样的洋洋得意

青春真好

总能焕发出令人难以抗拒的魅力

强大的内力

日复一日修炼着可爱的元素

那随移动而游走的面料

是充满自信的满足

光泽诱人的肌肤

演绎着海的浪花与艺术浪花的你来我去

你点头的微笑

让男士们收获了铺天盖地的阳光

内在的气质与生俱来

以钢琴曲的旋律布白一切

美丽的空间流露着中国式园林的风格

动与静、疏与密都是天与人的和谐统一

73　心中的妈妈

如果有一天

能来到心中慈祥的妈妈面前

将怎样开口

一句问候的话语

霎时灼热我的头颅

一杯凉白开水

立马润透我的心田

我会轻轻地扶起老人的双手

慢慢地靠到我的唇上

尽管这双青筋突起的手长满了老年斑

忍不住的泪水会无声无息滴向斑纹

唉

瞬间的拉手也是一种奢望

一声"妈妈"也是女儿一生的梦想

74　弹一曲歌谣

层层叠叠的山石

与沙沙作响的树林

频频地调换着色彩

阳光爬上山坡又泻向林海

时隐时现的山间小路

忽而"烧成"炭火

忽而"熄成"灰烟

宛如多棱镜里的画面

天空有意变化多彩

搅乱了我心的深海

如骤雨来临

似琥珀朦胧出现

林叶透出一片鲜绿

又似林中呼出的柠檬的香甜

我的心儿如此战栗

幸福的泪水流成丝线

就让丝线做成竖琴

伴着我的心愿

弹一曲一生不变的林涛拍打山峦的歌谣

75 您是一位勇士

您是一位勇士

在炮火连天的战场上

从不听从命运的摆布

炼一双穿透乌云的眼睛

只为一缕阳光而动

您不惧蒙冤误解

铁窗分割了您人生的舞台

从不去观察潮涨潮落的脸色

过人的胆量

从荆棘尖上扎出

对生命如此的热爱

死神在重症监护室对您的恐吓，您不以为然

"能站着走出去的绝非等闲之辈"

您笑着走出了它的大门

"这算什么，比起战争……"这就是您的回答

父亲

您是一个倔强的人

摧不垮，打不倒

但对善良的人和自己的儿女却充满了仁爱

我的慈父，我向您致敬

76　时常想起您——屠格涅夫

如果我早出生一百多年

我会煮好咖啡捧给您

可我生活在二十一世纪

为什么我还会时常想起您

晚年备受脊椎癌折磨的您

不惧自己像弯曲枯萎的树

更不去理会黄叶纷纷落地

在您百感交集的心灵深处

始终向往美好的晨曦

饱孕春天的新绿

只为赠给无数的屠迷

您说："我力求使我的感情焕发起来

变得美好起来。"

您请求未来的人们把手伸给您

伸给一个不在人世的朋友

当我读到您的这番话

心儿似有强电流穿过

苦涩的泪水伴着您无声的字流下

我感受到了您的爱抚

体会着您的悲伤

您叮嘱体验过您痛苦的人

不要去您的坟前

唉

多么善良的老人

您是多么替人着想

理解的泪水再次默默地流淌

哪天我能踏上去俄罗斯的路途

亲爱的老人，完成后辈人对您的敬仰

77　我在想

隐约中

一只鸟儿栖息在心灵的高枝

天空被树叶剪裁

斑驳的树影间

我闻到了泥土芳香的气息

抽象的文字

是穿梭时空的梦幻场景

腾跃而起的心绪

似提升多彩世界的画布

潮涨潮落

像月儿牵引地球

营造出妙不可言的魅惑

我在想

这手掌中有什么呢

我能握住什么呢

谁不是在离世前伸开手掌呢

78　挥之不去

荡秋千

迎着朝阳荡出好心情

微风

撩拨她的长发

水面

在渐渐升高的阳光下扩散开去

柔柔的水声

似清雅如画的诗意

轻轻萦绕在她的心头

挥之不去

余音袅袅的居家生活是风情

让人有跃跃欲试的冲动

善于把握色彩

才能在有爱有恨的金色里

驾驭媚俗的光环

不张扬潜心地修炼着个性

日光

似水波

漾在岸边

看水，听声，回忆

捞起一网的梦

79　你是温度

——献给二〇〇八北京奥运会

在五千余年的冰封中

一点点艰难地升温

于是二〇〇八年的盛夏

民族生命的力量破壳而出

给世界一个惊艳

你是石灰岩

在贫瘠的家园中寻找生的形态

无畏地迎战风暴和黑夜

孤单又坚强地守住待育的生命

在上帝都期待的时刻

让伟大诞生

你是温度

一个温度的孕育体

在一个属于你生长的季节里

裂变

80　什么是心痛

独自斟满橙色的香槟

日子像一杯淡淡的果汁

窗外

一个女子凄凉的哭声

时断时续

给原本就躁动不安的夏夜

灌上酒精

究竟什么是心痛

请把双手捂住胸口

她有没有把脸埋在黑色的发卷里

感受瞬间坍塌的天体

究竟什么是心痛

请夜幕罩住你的眼睛

似乎还能听到几句悲凉的"台词"

她的内心深处有什么冲动

独自斟满橙色的香槟

日子像一杯淡淡的果汁

这果汁里有女人的眼泪

这果汁里有不安的夜晚

81 同学会

曾经是你我的过去

这些你我的过去暂且回到你我的今天

在聚起相识的约会中

相识的脸，逢到相识的脸

那些懵懂的岁月

我们都没有心机的老谋深算

多年加减乘除的成长

我们也收获着香甜

今天互换甜蜜

甜蜜中饱含了情谊

让我们先握手拥抱

最好你我都把职业的衣帽脱掉

我们打捞着沉淀的往事

往事中夹杂着小小的浪漫

我们传递同学中爆炸的"新闻"

笑弯了腰的同时又把事儿搅浑

我们举起浓情的酒杯

也让饮料充满酒的滋味

酒精的发酵升腾着云里雾里的江湖

一下子的猛醒又让精神定格在同学间的疑问

朦胧的起点也得追赶朦胧的终点

今天算作人生航程的驿站

这驿站适合释放繁杂的心绪

在释放中找些平衡也说一声"再见"

82　蓝色

你是海的蓝

清澈而妩媚

我的童年被你俘虏

对你的情分

是春雨对海的眷恋

当希望的帆船受阻

我是一个只会做可怕梦的破网

我青春的心灵走进"赌场"

期盼能大赢一场

哪怕让你成为不期而遇的灯塔

我也会在塔下大哭大笑

不能驱走的感觉

是我思想的一日三餐

一个拼命吃河豚的我

是在生与死间的寻寻觅觅

83 送ZY

这一握手

握住了两颗理解的心

握不住的

是满腔的惆怅

流水的光阴

星星一宿没有合眼

它是知道了你要远行

我听到了它在槐树下的哭泣

听到了长久的呜咽、嘶鸣的秋声

ZY

你既然决心已定

挽留也已无能

那就一路冲锋，奔个好的前程

84   雨滴

横栏上垂着的串串雨滴

请你将洁白无瑕的品格

变成聚满自信艺术超脱的灵魂

为了这个灵魂在不同领域的漫游

为了生命的放歌你克服沙哑

你不惧秋风的劲吹

哪怕摇摇欲坠

你的坚强能击碎现实的穿帮

全然不顾带毒之箭把你射穿

挂在栏杆上的灵魂

是你个性的使然

看似静止不动的你

是在用思想聚起能量

你知道阳光会把你晒干

你知道在引力的作用下会一滴滴落下

但是，雨滴

你是希望，你是生命

你是万物沸腾的根基

终有一天你会倾盆而下

85　无意中打开的心门

那树林中穿行的嘈杂风声

那不知在何处的炽热火焰

那无眠的夜中飞来的影子

一下子涌了进来

让我无防备的心门都来不及挂锁

无意中打开的心门

为什么不让理智值守

为什么理智总愿赋闲在家

而让心的老巢遭人洗劫

我的心儿

难道你已失去意气风发的斗志

86　精粹

一把岁月的宝剑

把玩生命的气息

坚硬外表细密的展示

是材质精良的舞台依托

跳出原始切割的领域

提取震撼心灵的制胜法宝

就那么一剑封喉

在死亡里寻求永生

永生了还有什么遗憾

将所有的苦恼都扔到另一个天外天

在新的天地里培育新的种子

成熟中不再有新的旧的缺陷

精粹

你是一把岁月的宝剑

这把宝剑不是每人都能把玩

因为你的出生地有一个了不得的圣坛

87 一分钟的美丽

我将用怎样的梦

换你片刻的眼泪

我将吹怎样的魔笛

降伏你一生的心灵

飘飘的彩蝶

是冬天蛰伏的昆虫蝶变

我心碎的悲怆只为长出一对翅膀

到时飞到你面前闪一分钟的美丽

可这美丽不允许长成

爱的季节只有冬天没有春的转型

寒风刺骨哪来的半点温暖

哭泣哦也是孤苦伶仃

88 点与线

你用声音传来一个点

我就围着点的中心转

你把柔情的琼浆倒进我的杯中

我灵魂的嘴便开始了它的大餐

俨然的神明也好有意思

将点与线配合得钟情又浪漫

难道不怕世俗的贪婪

也不会逢场作戏和移情别恋

待我用试探的手将世俗保险箱的锁扭转

一千零一夜的智慧没有破解爱情密码的一二三

点和线的轨迹不是二十四小时升起又落下的月亮

它们不重复着一个个夜晚

一个点就是一条线的圆满世界

一条线只围着这个世界转

它心甘情愿

年复一年

89　吝啬的时间

那步履蹒跚的身影

还是当年的母亲吗

屋内的墙壁是她的朋友

每天都和它亲密地握手

头上稀疏的白发

在门外绿色芳香的映衬下越加蓬垢

岁月的风雨

紧紧压迫着当年如树的身影

而今进入耄耋之年的她

似捆绑的枯枝让人无奈又同情

不要怀疑时间是一滴露珠

在日月的转换中它一点点耗尽

我们又不能笑它的吝啬

它的一生既忧虑不安也不停地折腾

90　小乌龟

背着三十八个空格

你想填写什么

是春天的风，秋天的雨

还是读不完的世间书走不尽的世间路

世上所有不幸的生命

谁不伸长脖颈企盼幸福垂青

纵然一生未将背着的空格填满

也要努力奋斗使之求生

清除奄奄一息的冷漠

更不要连同空格一起打破

让人生大写意的诗篇洋洋洒洒

哪怕半夜累倒在桥下

91 领头的银鱼

你是领头的银鱼

带领整齐的队伍

在波光粼粼的湖中游动

像列队行进的士兵

那淡蓝、深青、墨绿

都是大写意的色彩

泛着翠绿的一排排小草的眼睛

都在向你致敬

你有自己的使命

群居生活的责任心进入了你的血液

你要追求集体主义的美好

你也知道前方有太多险恶和困苦

不眠之夜你也想了许多良策

你已决定并且颁布命令

双翅不息的煽动是战鼓的擂鸣

没有拼搏哪来双赢

领头的银鱼

你好聪明

92　祈祷

我的心灵坠入一个黑洞

越走越暗

潮湿的路

冰冷彻骨令人寒噤

那奇形怪状的石头

只有触摸的感觉而不能给人指路

这可不是童话世界的浪漫

上帝本给我们阳光灿烂

是山清水秀锦绣花坛

是人欢马叫鸟语花香

我却感受了它的反面

是上帝的瞌睡让我误入迷途

还是人类的纷乱惹恼的上帝的善良

我走进了一个不该进的地方

这地方让我疲惫不堪

我看到冥冥深处似乎有点亮光

也许是通向光明花园的门窗

我应快快地放飞心灵的翅膀

去那里寻找该有的希望

93　责任　感恩　分享

当我的长发飞出遐想

如蔚蓝高空中的大雁

灵魂的翅膀

自由地飞翔

不能推托的责任做了把守我心灵家园的士兵

当我的长发编成花篮

如精美的贵宾礼品

思想的脚步似扑鼻的清香

迈向心灵的彼岸

感恩的心是无怨无悔的火凤凰

当我的长发缠住心灵

如合欢双栖的鱼水深情

温度的交融

是春与夏的交替

分享的快乐是爱神的天使

94 柿子

如一颗纯洁的心

是否能装进你心灵用盖掩住的筐中

黄澄澄的色彩

可映得我满脸通红

都说秋是收获的季节

可我为何两手空空

不惧怕所有人的嘲弄

只怕黄昏吹冷我的心情

95 花园一景

谁将花园用水洗涤

黄的菊

绿的竹

红的枫叶

争奇斗艳的色彩闪闪烁烁

大手笔是一幅油画的杰作

眼前的景象

你是要告诉人们

美妙的生活要自己寻找

舒心的感受是相应物的对照

快快丢弃痴心妄想

甜美的时辰从来都未减少

96 醉了的溪水

潺潺的溪水

拉着蓝天的影子

在起伏的大地上奔跑

那哗啦啦的水声

是她发自内心的欢笑

温柔的心情

在一层层水花上荡漾

撒一把给岸边的花花草草

再撒一把亲吻一下浅水中赤足游玩的少女

秋的景致

仿佛蓝天正在心里打着腹稿

呀，蓝天呀，快跟我跑

回到我大海的校园

我就铺下画布立马起草

我想

我会让天更大

让地更妙

让海洋里许多可爱的生命活蹦乱跳

我是溪水

是秋天阳光明媚下的溪水

只是，眼下的我

不知是醒还是醉

97 扫地

往事

在一地纸屑中展开

弯腰捡拾

幻想是你写的信件

我用颤抖的手把揉搓的纸铺平

铺不平的是岁月的皱纹

我拿起扫帚驱赶尘埃

驱不走的纸屑又被风吹了回来

一下下扫除幻想

一次次吹回碎片

思念是扫不尽的纸屑

忘却是清除不了的尘埃

98　追求

没有一只信天翁在无目的的追求

没有一个目的是随随便便

狂风巨浪中行使的航船

总有信天翁悲壮地相伴

飞行中苦难和毅力的角逐

击不垮大鸟横下一条心的意志

它坚信双桨样的翅膀能越过海角的极限

所以它不嫉妒关在笼中小鸟的讨人喜欢

它欣然遨游天空尽管旅途艰险

它清楚自己为什么勇往直前

它的抱负在碧海蓝天上续写

精神的高远是最好的召唤

99 黄花顶

秋风把山顶染上黄发

诗意的演变

是气温谱写的乐曲

扑鼻的清香

在如一朵朵巨大黄花的树林中

飘来荡去

由青变黄

承载着季节的交替

惹人的香气

是自身素质的使然

恰如人到中年

弥漫着活力和信念的神奇

在迈向夕阳的黄昏中

抛弃幼时带露水的回忆

用深深的感叹

耸立在永不言败的万年松中

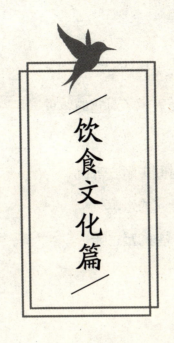

饮食文化篇

1 空壳蟹

秋

向我致礼

用一只大大的螃蟹

我用清蒸表示了对它的尊重

垂涎在时间中耐心等待

看袅袅升起的水蒸气

闻愈发清香的蟹之味

终于大功告成

伸手

翻壳

等来的却是蟹腹的空空如也

一包带油的热水淋湿了我的衣袖

空壳蟹

蟹与我没有了赶赴美味的约会

我是遭遇了传说中人为的被注入水的蟹

还是它在成长过程中本就是受了饥饿的穷孩子

果真如此

都是谁的过错

人的唯利是图和贪得无厌使蟹子出了洋相

我们更是失去了持蟹咏菊的雅兴

2　元宵

我似乎记不太清楚

记不太清楚什么时候来到这个世界上

若干年我像个婴儿一样懵懵懂懂

如同当年有一个来自月亮的童子弄出了我的模样

据说他是嫦娥的使者

他来到凡界是为了告诉后羿不大不小的事情一桩

他让思妻成疾的后羿上元节的晚上放一些米粉丸在屋的西北方

再呼喊她的名字妻子就会现身在他的身旁

后羿果然顺从指教

终于与得仙的妻子有了片刻的幽情

他并没有怪罪贪嘴的妻子偷吃了他的灵药

原来这个射日的英雄很是忠于爱情

不过那时的我并没有命名

我只做了一次爱情的见证

我登记于美食的户口本正式亮相

是多少年以后在南宋美食家的菜单上

那时有一个进士出身的名叫周必大的左丞

他的《太平园续稿》上有我"浮圆子"的大名

尽管诗歌标题上有"前辈似未曾赋此"文人发嗲的"毛病"

我也不想对他为此而感到脸红

他在诗篇中表明了我的志向

"今夕是何夕，团圆事事同"

他在诗篇的标题中云我是"元宵节"的吃食

我与"元宵"终成一体，不知儿女有雌雄

我为什么甘心情愿成为"元宵"

"元宵节"是一年中"三元"节的第一元

"宵"是"夜"的别名

正月十五月儿圆，月亮也代表我的心

团圆本就是我的初心

国破家亡的南宋有多少人不能团圆，更何况国家的命运

我使他们找到了寄托，哪怕是美好的梦

在寒冷的正逢佳节月儿圆的晚上，我来也匆匆

我就是我，我是中国人的知已并不独守大宋

洁白软糯而细腻的皮子是我外在的品质

芝麻、花生、糖甚至盐更增加了我内在的美

我在滚热的汤汤水水中滋润贯通，看着花灯，听着鞭炮

你在香甜温暖中心想事成，其乐融融

一百余年前有人企图让我在大街上销迹

不过，没想到自己做皇帝的美梦很快"袁消"得皮破馅烂

如今，又有人嫌我能导致身体肥胖

告诉你，对于吃，适可而止才是美食家的风范

看我的心有多甜

我是元宵，我又叫浮圆

团圆，接天圆子，顺风圆都是我的从前

我来到世界若干年

每逢正月十五我与您餐桌上见

3　苦瓜

你是来自东印度的君子

搭着郑和的船儿来到异国邻邦

并且从此安家落户

以品格的高风亮节出现在中国人的餐桌上

你苦着自己

那自我承受的苦表皮上都是欲滴的泪珠

但心里有涤热消心养肝补肾的志向

所含胰岛素、苦瓜素类又是挑战肿瘤和糖尿病的宣言书

亲爱的，来异国之前你是不是也已知道中国有梅兰竹菊四君子

你很明白他们都是精神领域的奇侠

而人吃五谷杂粮，非神仙岂能无病

梦与理想的实现，身体健康才是保证

当时从战乱中站起来的大明人的确需要你的帮助

国家需要振兴，人们需要富强安宁

下西洋的举动，就是敞开国门放眼世界的启程

人人身体疲软，有太多的心火纠缠怎么能行

只是不知道当年的郑和在哪个村落与你邂逅

你又是怎样得到了他的垂青

谁不知你的见面礼都是先苦味相送

乍接触的来之不善，谁又敢与你促膝交情

也许当年的郑和心里牢记皇上的嘱托

他也深知二万余水手与六十余艘船儿的队伍是什么使命

不辞辛苦目标咬定方能成功

什么事情不能以眼前利益论英雄

也该有你这样的君子出山

皇上的五弟都在自家院中搞救国济民的试验田

他的《救荒本草》上有你的名字

尽管那时你叫"锦荔枝""癞葡萄"的别称

是金子总能发光

经若干年的努力，中国的大江南北多少人赞美你，把你爱

李时珍拿你行医，大画家石涛也称自己是"苦瓜"云云

终于，清初屈大均《广东新语》上喊出你的响亮名字"君子菜"

"自苦而不以苦人，有君子之德焉"

君子之德，厚德载物

此一说可是物之品格的升华

非等闲之辈能够赢得

你只是一普通的大江南北都能栽培的葫芦科植物

酷夏到来之前你藤蔓勃勃向上

虽小的黄花并不芳香

博物馆里那只"白玉苦瓜"冰清玉洁又印证你品格的高尚

4　胡萝卜

"假人参"的称呼非你莫属

你携着维生素 A 的原创

从丝绸之路走来

让人津津乐道

一种植物

为何让人渴慕

红皮包裹着微黄色的圆满诚心

像不像陶醉的爱孵出的最佳寓意

单糖的热望簇拥着多糖的风采

质地的细密脆嫩又把甜味递进

你像一个聪明的少年一路唱着蔑视荒原的歌

你如一位爽朗的侠女对乏味的虚情付之一笑

那田地里细小的白花

是你俏皮的眼神

让人陶醉让人痴迷

哦，你这摇曳的抚爱

你整个的心灵都在向人们展示

展示那宝藏样的金碧辉煌

你的慷慨你的缤纷

给予人们多少轻盈

也有雨点滴落的时候

也有沉闷的阴险夹着怨恨的悲悯

可对爱的执着让你忘掉所有的忧愁

你会在最低迷的时刻投身到热油的锅中

在与牛肉的协作中

完善一部上好的美食主义乐曲

你的精神也在赶赴美味的约会中升华

在民族家宴与国域的大筵上香味扑鼻

5 粽子

糯米、红枣、赤小豆、松子

屈原、介子推、伍子胥

一个小小的节日吃食

承载着太多的遥远故事

他们的苦衷

他们的伤感

他们的精神

都被一枚枚粽子传达

一种爱国的情愫

一种崇拜民族脊梁的热忱

一个内容与形式的最佳切入点

用叶对米的包裹存在了千余年

对你无法割舍的眷恋

演绎了多少悲壮与苍凉

那一颗颗向命运挑战的心

谁说不是民族气节的赞歌

拨开一层层苇叶

看到了醇厚与真实

悲与喜、伤与痛的历史缩影

都在这里释放

五月初五是阴阳互动的时刻

露水的清莹、艾蒿的淡香

完成了季节的交替

杏黄酒也做了知音

艾蒿会奄息干枯

露水有被阳光驱赶的时候

但麻醉了谁说不能醒来

时间会给一个公道

在这选定的日子里

让物与人对话

用水煮、火烧

成熟一颗颗真诚

让情意期盼放下

让放下再期盼再放下

日复一日

年复一年